FEÚCHO y Pablo

Isabel Quintero

con ilustraciones de

Tom Knight

SCHOLASTIC INC.

Originally published in English as *Ugly Cat & Pablo*

Translated by Juan Pablo Lombana

Copyright © 2017 by Isabel Quintero
Illustrations copyright © 2017 by Tom Knight
Translation copyright © 2017 by Scholastic Inc.

All rights reserved. Published by Scholastic Inc., *Publishers since 1920.* SCHOLASTIC, SCHOLASTIC EN ESPAÑOL, and associated logos are trademarks and/or registered trademarks of Scholastic Inc.

The publisher does not have any control over and does not assume any responsibility for author or third-party websites or their content.

No part of this publication may be reproduced, stored in a retrieval system, or transmitted in any form or by any means, electronic, mechanical, photocopying, recording, or otherwise, without written permission of the publisher. For information regarding permission, write to Scholastic Inc., Attention: Permissions Department, 557 Broadway, New York, NY 10012.

This book is a work of fiction. Names, characters, places, and incidents are either the product of the author's imagination or are used fictitiously, and any resemblance to actual persons, living or dead, business establishments, events, or locales is entirely coincidental.

ISBN 978-1-338-18787-8

10 9 8 7 6 5 4 3 2 1   17 18 19 20 21

Printed in the U.S.A.   23
First Spanish printing 2017

Book design by Nina Goffi

A todos los paleteros
que nos endulzan
los veranos

CAPÍTULO UNO

Una idea fabulosa y gloriosa

Pablo se despertó con unas ganas de aventuras que le llegaban hasta la médula de sus pequeños huesitos de ratón. Se puso su chaleco y su sombrero y salió corriendo hacia la casa de su mejor amigo.

Mientras se acercaba a la casa de Feúcho, soñaba con el tipo de aventuras que tendrían. Se imaginaba que él y Feúcho eran cazadores de fantasmas que investigaban la vieja casa de los Herrera, la que estaba a las afueras del barrio, donde se terminaba la calle y comenzaba el bosque. Entrarían con linternas, mirarían en los armarios y subirían al segundo piso en puntas de pie. Feúcho oiría un crujido detrás de una puerta y Pablo echaría una mirada (porque él era el más valiente, desde luego), y de repente...

¡PIIP!

La bocina de la camioneta azul de los Mendoza despertó a Pablo de su ensueño.

—¡Ay, mi barriguita! —dijo Pablo agarrándose la barriga—. Casi devuelvo la lasaña.

Pablo amenazó con una garra a la camioneta, que ya doblaba la esquina. Recuperó el aliento y siguió caminando.

¡PIIP!

Cuando Pablo llegó a la casa de Feúcho, subió las escaleras y vio que Feúcho estaba acostado en el porche, calentándose al sol y bostezando. Estaba en su típico estado de "tengo-mucha-pereza-para-moverme-sólo-voy-a-mirar-las-nubes".

—¡Feúcho! ¡Vamos! —dijo Pablo a su mejor amigo—. Hoy tenemos que hacer algo. No podemos quedarnos acostados sin nada que hacer.

Feúcho lo miró, sacó la lengua y la estiró hacia el cuenco de agua. Tenía sed, pero no tanta como para levantarse.

Pablo siguió insistiendo hasta que Feúcho
se rindió.

—ESTÁ BIEN, PABLO. ¿QUÉ QUIERES
HACER? —preguntó Feúcho lamiéndose las
garras—. ¿QUIERES JUGAR CON MIGUE-
LAZO OTRA VEZ?

Miguelazo, el fornido bulldog inglés, vivía detrás de la casa de Feúcho. El día anterior, Feúcho y Pablo lo habían perseguido por todo el patio. Mientras Feúcho impedía que Miguelazo entrara a la casa, Pablo saltó sobre él y cabalgó en su lomo como si fuera un toro bravo en un rodeo.

Miguelazo no les había hablado desde entonces.

—Tentadora oferta, pero no —dijo Pablo—. Miguelazo parecía muy ofendido hace un rato cuando pasé por allí.

Pablo no se atrevía a mirar a Feúcho a los ojos porque sabía que habían hecho algo malo, aunque ninguno de los dos quería admitirlo.

7

El problema había sido que Miguelazo, que era un buen amigo, no se había divertido. Para nada. Miguelazo lo había pasado fatal, al estilo de "no-puede-ser-que-mis-amigos-me-hayan-tratado-así". Feúcho y Pablo sabían que habían metido la pata, sabían que a los amigos no se los trataba mal y sabían sin duda alguna que no se debía cabalgar encima de los amigos como si fueran toros, sobre todo cuando decían que no querían jugar al rodeo y que no más. Sin embargo, ellos habían quebrantado todas esas reglas de la amistad, y ahora no sabían qué hacer ni cómo hablar del asunto. Así que trataban de ignorarlo, pero no era tan fácil.

Feúcho fue el primero en hablar.

—BUENO, PODRÍAMOS TRATAR DE ASUSTAR A CRISTINA, LA QUE VIVE CALLE ARRIBA, LA SEÑORA QUE LE DIJO A LILY QUE ME LLAMARA FEÚCHO PORQUE PENSABA QUE YO ERA MUUUY FEO. TODAVÍA ME MOLESTA QUE LILY LE HICIERA

CASO. ES INCREÍBLE... ¿NO? ¿A QUIÉN SE LE OCURRE QUE YO SOY FEO? ¿UN GATO TAN GUAPO COMO YO? ¡MÍRAME! ¡MIRA ESTA CARA! ¡ES LA CARA DE UN GALÁN!

Había pocas cosas que lograban levantar a Feúcho durante una de sus tardes de holgazanería; una de ellas era presumir de su belleza. Así que Feúcho saltó y comenzó a posar. Luego, desfiló para que Pablo pudiera verlo en todo su esplendor.

—Sí, supongo —dijo Pablo, observando la cola medio pelada y la oreja mordida de Feúcho—. Pero tratemos de pensar en otra cosa.

Pablo sugirió otras cosas que hacer, pero a Feúcho no le gustó ninguna. Cuando Pablo mencionó la vieja casa de los Herrera, Feúcho negó con la cabeza y soltó un maullido tan agudo como si lo hubieran pinchado. Entonces, Pablo tuvo una idea fabulosa y gloriosa que dio en el clavo.

—¡Ya sé! Mi querido Feúcho, ¡vamos al parque! Siempre nos divertimos cuando vamos —dijo.

Feúcho abrió los ojos y empezó a asentir mientras Pablo continuaba hablando.

—¡Va a haber mucha gente atracándose de comida! ¿Recuerdas la semana pasada cuando le mordiste el tobillo a ese niño y se le cayó el helado?

Eso no estuvo bien, y no deberíamos volver a hacerlo, pero ay, madre mía, ¡qué rico estaba el helado! Quizás esta vez sea mejor no morder ni rasguñar a nadie, ¿no? Aunque fue una buena táctica, no queremos que nos prohíban la entrada al parque. Nos quedaríamos sin meriendas. ¿Feúcho? ¿Me estás oyendo?

Feúcho estaba oyendo un poco, pero también estaba pensando en toda la comida que habría en el parque. Mientras Pablo soñaba con tener aventuras, Feúcho soñaba con comer.

—¡SÍ! —dijo Feúcho mientras se lamía los bigotes y la baba le corría por la barbilla—. ¿CÓMO OLVIDARLO? ¡PRIMERO DIJE "RRREERRR" Y DESPUÉS LE MORDÍ EL TOBILLO! Y ENTONCES, EL NIÑO GRITÓ "¡AH!" Y SOLTÓ EL HELADO, Y NOSOTROS DIJIMOS "¡ÑAM!" Y ¡VAYA, QUÉ RIIIIICO ESTABA! ¡JA!

Feúcho miró a Pablo, que lo observaba como diciendo "en-serio-nada-de-morder-a-nadie".

—NO TE PREOCUPES —dijo Feúcho—. NO VOY A MORDER A NADIE. PFF. ¡PERO DÉMONOS PRISA Y BUSQUEMOS A ALGUIEN QUE DEJE CAER LA COMIDA ANTES DE QUE SE LO COMAN TODO!

Feúcho y Pablo salieron del porche de un salto.

—¡Sí! —dijo Pablo—. ¿Quién mejor que nosotros para hacer que a alguien se le caiga el almuerzo? ¡Quizás a un viejito se le caiga un perro caliente o, mejor aún, una salchicha alemana!

Feúcho miró a Pablo.

—¡UY! ¡ME ENCANTAN LAS SALCHICHAS ALEMANAS! —dijo.

Los dos amigos corrieron directamente al parque, tan rápido como su amigo Eric, la comadreja, detrás de una gallina.

CAPÍTULO DOS

Una aparición celestial

Feúcho y Pablo corrieron por la avenida Longaniza, bajaron por la vía Gordita y doblaron en la calle Tapatío hasta llegar al parque. Los perros del barrio les ladraron desde detrás de las cercas.

Pablo les mostró una garra a los ruidosos perros.

—Sigan ladrando, ¡miserables chuchos! Se hacen los valientes porque están detrás de la cerca y saben que vamos a buscar perros calientes. ¡O si no, tendrían que vérselas con nosotros! —dijo.

Pablo no le tenía miedo a ningún perro por muy grande que fuera.

Bueno, tal vez le tenía un poquito de respeto a Cleopatra. ¿Pero quién no? Cleopatra era una dóberman pinscher miniatura que vivía frente a Pablo y que comandaba la calle con corazón de oro y mano de hierro. Era una bestia.

—¡SÍ! SOLO ESPEREN A QUE COMAMOS NUESTRO ALIMENTO SALCHICHUDO. ¡ENTONCES, VEREMOS QUIÉN LADRA DE ÚLTIMO! —gritó Feúcho olvidando que los gatos no ladran.

Por fin, después de una larga y ruidosa caminata, los dos compadres llegaron al parque. Y caray si tenían suerte. Estaba lleno. Una feria se había instalado en el mismísimo centro y había vendedores de comida por todas partes. Cada uno vendía algo especial: burritos, empanadas, tamales, churros, hamburguesas, perros calientes, raspados y chicharrones. Feúcho y Pablo siguieron los deliciosos aromas por la feria, dejando a su paso un largo rastro de baba. Luego, fueron bailando al puesto de perros calientes mientras cantaban "¡SAL-CHI-CHAS! ¡Sal-chi-chas! ¡QUE VIVAN LAS SALCHICHAS!".

Entonces... vieron **EL CARRITO**. Los deslumbró instantáneamente y dejaron de cantar.

El carrito era tan espléndido y espectacular como el sol. Esa cosa hermosa podía enceguecer a los transeúntes con su incandescencia. El majestuoso carrito, con las campanitas que hipnotizaban igual que el canto de una sirena, un canto ante el que Feúcho, sobre todo, no podía oponer resistencia, estaba a la sombra de un roble gigante. Ese carrito y sus campanas solo anunciaban una cosa maravillosamente deliciosa: paletas. Paletas de frutas dulces, frías y cremosas, paletas del otro mundo. Las paletas eran sin lugar a dudas la comida favorita de Feúcho, y cada vez que veía una tenía que comérsela o de lo contrario moriría.

—¡PALETAS! ¡PALETAS! ¡PALETAS! —decía Feúcho saltando en una pata—. NECESITO UNA, PABLO. SI NO ME COMO UNA, SEGURO QUE ME MUERO. TE LO ASEGURO.

Pablo entornó los ojos y se volteó a mirar un diente de león.

—¡AHHH! ¡ME MUERO, PABLO! ¡SÍ, YA VEO UNA LUZ, VEO UNA LUZ! ¡CREO QUE ES EL PARAÍSO DE LOS GATOS! SÍ, AHÍ ESTÁ MI ABUELA PETUNIA Y MI PRIMO

TOMÁS. ¿QUÉ DICES, TÍO JAIME? ¿ME MORÍ POR NO PODER COMERME UNA PALETA? ¡LO SABÍA! —gimió Feúcho volteándose y rogándole a Pablo, que fingía no oírlo—. ¿OYES, PABLITO? NO SE PUEDE DISCUTIR CON LOS MUERTOS. ¡NUESTROS ANCESTROS SABEN! ¡SABEN QUE LA ÚNICA MANERA DE SALVARME ES DARME UNA PALETA! ¡AYÚDAME, PABLO!

A estas alturas, Feúcho se había echado al suelo y suplicaba con las garras unidas.

—¡Tú y tus paletas! —gruñó Pablo, e hizo un gesto como si fuera a alejarse.

—¡PABLO! —susurró Feúcho atónito, estirando la garra hacia su amigo.

Pablo se volteó y tomó entre sus patitas grises la gran cara anaranjada de Feúcho.

—¡Estoy bromeando! ¿Cómo voy a mirar esos ojitos de cachorro y decir que no? —dijo.

—¡PABLO, ERES EL MEJOR AMIGO QUE UN GATO APUESTO COMO YO PUEDE TENER! —dijo Feúcho, pero enseguida le volvió el nerviosismo y comenzó a morderse las garras—. ¿PERO CÓMO? ESA NIÑA ESTÁ COMPRANDO UNA PALETA DE COCO, ¿Y QUÉ TAL QUE LAS COMPRE TODAS Y NO NOS DEJE NI UNA? ¿NI UNA SOLA PALETA MÁS? ¡NI SIQUIERA TENEMOS DINERO!

Feúcho comenzó a rascarse desesperadamente, haciendo que muchos pelos salieran volando.

—¿Y SI TUVIÉRAMOS DINERO, DÓNDE LO PONDRÍAMOS? ¡YO NO TENGO BOLSILLOS! ¿TÚ TIENES? NO, ¡NO TIENES PORQUE LOS BOLSILLOS DE TU CHALECO

NO SON DE VERDAD! ¡SON BOLSILLOS FALSOS QUE NO ABREN! ¿POR QUÉ PONEN BOLSILLOS FALSOS EN LA ROPA? ¡ODIO LOS BOLSILLOS FALSOS! Y SIN BOLSILLOS, ¿DÓNDE GUARDARÍAMOS TODO ESTE DINERO QUE NO TENEMOS? PABLITO, PABLITO, ¿CÓMO ES POSIBLE VIVIR ASÍ? —dijo Feúcho tirándose en la acera.

Pablo miró a su amigo felino y entornó los ojos. Una vez, en un mercado, había visto algo peor cuando se acabaron las paletas del carrito y nadie trajo más. Esa vez, Feúcho se volvió completamente loco.

—¡Déjame pensar, Feúcho! Pfff, no te hagas un nudo en la cola. Párate y límpiate los mocos. Te ves fatal. Vamos a pensar cómo resolver este problema —dijo Pablo tocándose la barbilla—. Mmmmmm Paletas, paletas, paletas. Mmmmmm

Los ojos de Pablo parpadearon y centellea-
ron. Feúcho sabía que se le había ocurrido
una idea.

CAPÍTULO TRES

El plan infalible

Siempre era lo mismo cuando a Pablo se le ocurría un plan. Se rascaba la cabeza y después se restregaba la barriga. Luego, cuando la idea iba cuajando, se llevaba las patas a la espalda y olfateaba el aire. Por último, meneaba la cola y aplaudía. El ritual completo indicaba que se le acababa de ocurrir algo genial. Había usado el mismo método muchas veces.

Pablo aplaudió y comenzó a hablar.

—Esto es lo que vamos a hacer —dijo—. Todos sabemos que las niñas les tienen miedo a los ratones, ¿no?

25

Feúcho negó con la cabeza porque no estaba de acuerdo: él había visto a muchas niñas jugando con ratones y ratas y conejillos de Indias y hasta (¡ay, qué horror!) tarántulas. Es más, Lily había tenido durante un tiempo, no hace mucho, una ratoncita llamada Mina de mascota. Un día, Mina se escapó y no volvió. Lily culpó a Feúcho, pero no pudo encontrar ninguna prueba de que él hubiera cometido un crimen.

Sin embargo, Pablo estaba tan entusiasmado con su idea que ignoró a su amigo.

—Va a ser muy fácil Tú, mi feroz felino, saltas encima del carrito de helados y asustas al vendedor de helados. Ya sabes cómo, haces tu numerito de sisear y arañar —dijo saltando, siseando y arañado mientras miraba a Feúcho. Se le había olvidado la parte sobre no hacer nada para que los expulsaran del parque—.

Entonces —continuó—: yo me subo por la pierna de la señorita Paleta de Coco. Va a asustarse tanto que gritará, "¡Ay, no! ¡Es el ratón más terrible que he visto! ¡Ahhhh!". Y va a soltar no solo la paleta de coco sino también la bolsa de chicharrones. Y listo, mi querido Feúcho, en un dos por tres vas a estar en tu paraíso de paletas. Como que me llamo...

—¿TE LLAMAS PABLO GUTIÉRREZ CALDERÓN DE LA BARCA? ¡NO LO SABÍA! —dijo Feúcho.

—Bueno, no es mi nombre oficial, pero siempre me gustó. Suena mucho más elegante que Pablo Gutiérrez a secas. Pero ese no es el punto. El punto es que si seguimos este plan, tendrás todas las paletas que quieras.

Feúcho estaba tan impresionado con el plan que olvidó lo equivocado que estaba Pablo acerca de que las niñas les temían a los ratones. Ya podía saborear el coco. Se veía a la sombra de algún árbol, con gafas de sol, disfrutando de una paleta tras otra.

—**MMMMM...** —dijo Feúcho sin darse cuenta de que había estado chupando una

paleta imaginaria hasta que Pablo lo sacó de su ensueño.

—¡Feúcho! ¡Feúcho! ¡Despierta! ¡No tienes una paleta... todavía! ¿Qué piensas del plan?

—PABLO, ERES TAN LISTO. ¡ES UN PLAN INFALIBLE! —dijo Feúcho sin dejar de imaginar la paleta que se comería.

CAPÍTULO CUATRO

El plan infalible falla completamente

Pablo puso en marcha el plan. Dejó a Feúcho, corrió hacia la niña y la observó. De cerca se veía mucho más grande que de lejos, pero él no iba a dar marcha atrás. Le había prometido una paleta a Feúcho y tenía que conseguirla.

Pablo evaluó la situación y confirmó que subírsele por la pierna a la niña sería lo que más la asustaría y lo que absolutamente, sin un queso de duda, haría que esa chiquilina soltara el gran premio. ¡Se imaginó a la niña sintiendo sus patitas y su cola en la pierna, dándose cuenta de que se trataba de un ratón y soltando enseguida los

chicharrones! Gritaría, y entonces la paleta
cambiaría de dueño.

—Esto es pan comido —se dijo.

Pablo saltó al zapato de la niña y comenzó a subírsele por la pierna. Cuando llegó a la rodilla, vio que la niña lo miraba.

"¡Se armó la fiesta! —pensó—. ¡Ahora vienen los gritos!"

Pero en lugar de gritar, la niña miró lo que le subía por la pierna, alzó por la cola al pobre Pablo, que temblaba de pánico, y lo miró con ojos amorosos.

—¡Ay! ¡Qué lindo ratoncito! Creo que se lo voy a llevar de merienda a Roco —dijo tan contenta como si hubiera recogido todos los dulces de una piñata.

Feúcho estaba mirando y de repente su cara adquirió el mismo aspecto que cuando Pablo se comió el pepperoni de su pizza. Esto no podía estar sucediendo. ¡Esta era la parte del plan en que la niña debía gritar! ¿Por qué actuaba como si fuera su día de suerte que un ratón se le subiera por la pierna? ¿Y por qué le dijo "**ratoncito**" a Pablo? ¡Él odiaba que le dijeran "**ratoncito**"! Siempre decía que era "de tamaño normal" cuando alguien decía algo sobre su estatura. ¿Qué le pasaba a esta niña?

—¿POR QUÉ NO ME ESCUCHASTE CUANDO TRATÉ DE DECIRTE QUE LAS NIÑAS NO LES TEMEN A LOS RATONES? —le gritó Feúcho a Pablo.

Pero Pablo no podía oírlo. Esto era peor que ser expulsado del parque. Es más, ser expulsado del parque parecía una opción mucho mejor en este momento. Porque Pablo estaba en un gran aprieto.

CAPÍTULO CINCO

Los amigos no dejan que sus amigos se vuelvan merienda

Feúcho estaba congelado. Ni siquiera se dio cuenta cuando Miguelazo se le acercó.

—¿Qué pasa, Feúcho? ¿Por qué tienes esa cara?

—**PABLO... PALETA... ROCO...** —dijo Feúcho tratando de explicarle lo que le había pasado a Pablo, pero las palabras no le salían de la boca.

—No entiendo lo que dices, Feúcho —dijo Miguelazo, que se había dado cuenta de que Pablo estaba en un aprieto, porque aunque no sabía lo que quería decir Feúcho con eso de paleta y chicharrones, sabía muy bien quién era Roco, y cualquier cosa que lo involucrara no podía ser buena—. ¡Feúcho! ¡Feúcho! ¿Qué pasa?

El gato seguía sin responder, así que Miguelazo hizo lo único que pensó que podía devolverlo a la realidad: le lamió la cara.

—PUAJ... CARAMBA... ¿MIGUELAZO? ¿QUÉ HACES AQUÍ? ¡NUNCA ME HABÍA ALEGRADO TANTO VER A UN PERRO!

—Llevo un rato aquí, pero tú andabas en la luna. En fin, estoy aquí porque seguía triste y Mindy decidió darme una vuelta por el parque. Ahora ella está comprando bananas congeladas —dijo Miguelazo señalando a su dueña—. No pensaba volverte a hablar nunca más, pero vi lo que le estaba pasando a Pablo y...

A Feúcho le salieron de pronto todas las cosas que hasta ese momento no sabía cómo expresar sobre el incidente del rodeo.

—SÉ QUÉ DEBEMOS AYUDAR A PABLO, PERO PRIMERO TE DEBO DECIR QUE SIENTO MUCHO HABER SIDO TAN MAL AMIGO AYER. DEBIMOS HABER PARADO CUANDO NOS DIJISTE "¡YA BASTA!". NOS PASAMOS DE LA RAYA. SI TU CORAZÓN GRANDE Y LINDO ES CAPAZ DE PERDONAR, ¿PODRÁ ESE PERDÓN ACUDIR RÁPIDAMENTE Y TAMBIÉN INCLUIR A PABLO? ESTÁ EN UNA

SITUACIÓN PRECARIA. ESA NIÑA ACABA DE DECIR QUE VA A LLEVÁRSELO A UN TAL ROCO PARA QUE SE LO COMA.

—Eso de Roco no suena nada bien —dijo Miguelazo.

—¿SABES QUIÉN ES ROCO? CLARO, TÚ CONOCES A TODO EL MUNDO. ¿RECUERDAS UNA VEZ QUE NOS METIMOS A LA PERRERA Y CONOCÍAS A CASI TODOS LOS PERROS? YO TE DIJE, "VAYA, MIGUELAZO, QUÉ CACHORRO MÁS POPULAR ERES". Y TÚ DIJISTE, "NO, PERO MINDY ME LLEVA AL PARQUE DE PERROS Y TODOS ESTOS TIPOS TIENEN..."

—¡Feúcho! —lo interrumpió Miguelazo—. ¡Oye, concéntrate! Sí, conozco un montón de perros. Pero Roco no es un perro. Tú lo conoces, ¿no te acuerdas?

De repente, Feúcho recordó dónde había oído ese nombre. Hacía unas semanas, Pablo, Miguelazo y él estaban caminando por el barrio cuando oyeron a unas tres casas de distancia a una niña haciendo una gran pataleta.

—¡ES INJUSTO! ¿NO SE DAN CUENTA DE QUE NECESITO UNA CULEBRA? ¡QUIERO UNA BOA PARA DARLE CARIÑO Y ABRAZARLA Y LA LLAMARÉ ROCO Y VAMOS A SER GRANDES AMIGOS!

La niña lo hacía muy bien: lloriqueaba y saltaba y, al final, se tiró al suelo. Ellos se habían reído de cómo la chica se había arrastrado y meneado en el suelo. Se veía tan ridícula que los tres estaban seguros de que nunca le darían la culebra. Pero sus padres no eran ese tipo de padres. Feúcho, Pablo y Miguelazo lo descubrieron cuando vieron unos días después que la niña llevaba la boa a dar un paseo y que le hablaba como si fuera un bebé.

—¿CÓMO VOY A OLVIDARLO? ¡ROCO ES LA BOA CONSTRICTORA MÁS GRANDE QUE HE VISTO! —dijo Feúcho.

—Así es, y si no nos damos prisa, ¡Pablo va a convertirse en su merienda! —gritó Miguelazo.

—¡Auxilio! ¡Ayúdenme! —gritó Pablo en ese momento.

Todavía estaba cerca de la cara de la niña y, aunque su voz era débil, sus amigos lo oyeron y eso era lo importante.

Miguelazo y Feúcho asintieron y pusieron en acción la Operación Asegurarnos de que Pablo No Se Convierta en la Merienda de Roco.

El bulldog inglés corrió hacia la niña con furia, ladrando y gruñendo y haciendo como si le mordiera los tobillos, algo que nunca sería capaz de hacer porque le parecía horrible.

—¿Qué te...? ¡Fuera, fuera, perro loco! —dijo la niña tratando de patearlo, pero Miguelazo siguió ladrando y gruñendo.

Mindy oyó el escándalo y se acercó corriendo mientras sostenía tres bananas congeladas cubiertas de chocolate.

—¡**Lo siento!** —dijo halando a su perro—. ¡**Miguelazo! ¿Qué te pasa? ¡Perro malo! ¡Perro malo!**

—¡Su destino está en tus manos, camarada! —le gritó Miguelazo a Feúcho despidiéndose.

Feúcho asintió y sacó las garras. Era ahora o nunca si quería volver a ver a su mejor amigo.

CAPÍTULO SEIS

Primero al rescate, pero después, a las paletas

Más rápido que una tortuga y más veloz que una garrapata en un baño, Feúcho saltó al carrito de paletas y soltó un escalofriante maullido de batalla. Siseó y mostró los dientes como un gato poseído.

El pobre paletero no sabía si correr o salvar sus sabrosos productos. Decidió quedarse y pelear, pero cuando Feúcho le rasguñó el dedo meñique accidentalmente, salió disparado, gritando mientras se alejaba.

Feúcho se sintió mal por haber rasguñado al paletero, lo cual no era parte del plan.

"¡AY, NO! ¡ESPERO QUE ESTÉ BIEN!
—pensó—. ¡Y ESPERO QUE PUEDA SEGUIR
HACIENDO PALETAS!"

Entonces, Feúcho se volteó hacia la niña y trató de quitarle a Pablo con la boca. Esto no era parte del plan tampoco, pero tenía que improvisar. La niña pensaría que él se había comido al ratón, cuando en realidad Feúcho lo dejaría libre tan pronto estuvieran en un lugar seguro. Pablo solo necesitaría una buena fregada con jabón y quedaría como nuevo.

¡VOLVERÉ POR USTEDES, DULZURAS!

Pero cuando Feúcho abrió la boca para rescatar a Pablo, este se asustó y la niña lo soltó sin querer. La cara de Feúcho era tan convincentemente aterradora que Pablo creyó que Feúcho había olvidado la promesa de "de-todo-corazón-y-que-me-parta-un-rayo-si-no" que había hecho cuando se conocieron (la promesa de "te-prometo-que-nunca-te-voy-a-comer"). Sintió que estaba a punto de decirle "buenos días" al interior del estómago de Feúcho y "adiós" para siempre a los sándwiches de queso y tocino.

Pablo no quería terminar de almuerzo. Él tenía su dignidad y debía actuar. Tan pronto cayó al suelo, salió pitando. La niña gritó (esta niña adoraba gritar obviamente): **"¡ESTOS ANIMALES ESTÁN LOCOS DE REMATE!"**. Tiró con furia su paleta de coco y su bolsa de chicharrones y corrió a hacer otra pataleta.

Ahora bien, si hay algo capaz de desviar a Feúcho de una misión de rescate a una misión alimentaria es una paleta, por lo que el gato ni se dio cuenta de que su amigo Pablo había escapado.

—**¡PALETAAAAA!** —gritó Feúcho mientras saltaba del carrito blanco y agarraba la delicia helada.

Después agarró los chicharrones porque habría sido un desperdicio no hacerlo. Entonces se volteó para compartir el tesoro con Pablo. Tan dichoso estaba que había olvidado por completo lo que acababa de suceder.

—¡PABLO! ¡PABLO! ¡PABLO! ¡MIRA! ¡MIRA! ¡ES NUESTRO DÍA DE SUERTE! ¡NOS GANAMOS DOS POR EL PRECIO DE UNO CON ESTA NIÑA!

Pero Pablo seguía asustado de que Feúcho se lo fuera a comer y había abandonado la feria para evitar convertirse en merienda gatuna. Así que Feúcho, como buen amigo, corrió tras él.

CAPÍTULO SIETE

Un pequeño malentendido

Cuando por fin alcanzó a Pablo, Feúcho estaba muy cansado.

—PA... FIU... PA... FIU... PARA... —dijo—. PARAAAAA.

Feúcho casi no podía respirar.

"TENGO QUE DEJAR DE COMER TANTAS PALETAS Y CHICHARRONES", pensó.

Pero se detuvo y se metió otro chicharrón a la boca. Luego volvió a lamer la paleta, que ya se estaba derritiendo y lo ensuciaba por todas partes.

Pablo también dejó de correr. Sus piernitas no se podían mover más. El cuerpo entero le dolía y tenía el sombrero empapado de sudor. Pablo se sentó. Feúcho estaba casi encima de él. Su boca, completamente abierta, llena de comida mordisqueada. Sus bigotes, llenos de crema de coco.

—¡PABLOOO! —gritó Feúcho escupiendo por todas partes.

Pablo miró al gato con incredulidad y horror. ¿Era posible que su mejor amigo lo persiguiera para convertirlo en su tercer platillo?

—¡Feúcho! ¿Por qué? ¿Por qué? ¿No dijiste que seríamos amigos para siempre? Esto me duele. Aquí, aquí me duele —gritó Pablo golpeándose el pecho.

—**¿QUÉ? ¿QUÉ? PABLO, YO SOLO QUE...** —dijo Feúcho tratando de aclarar el asunto.

Pablo no le creyó. Se paró, miró detenidamente a Feúcho, se arregló el sombrero sudado y sacó pecho.

—No, no, no, gatito. ¡No voy a llorar más, Sr. Vamos-A-Ser-Mejores-Amigos-Para-Siempre! ¡Sr. Promesa-De-Todo-Corazón-Y-Que-Me-Parta-Un-Rayo-Si-No que nunca voy a comerme a Pablo! ¡No! Eres un mentiroso y una desgracia para tu especie. ¡Sucio gato traicionero! ¡Minino hipócrita! ¡Asesino engullidor de ratones! —dijo.

—¡QUÉ LA ENCHILADA! MIRA, PABLO, VAMOS... —empezó a decir Feúcho, pero no pudo terminar.

Pablo había encontrado un arma con la cual montar su última defensa: un palillo usado. Lo agarró y saltó con él hacia Feúcho, gritando dramáticamente:

¡MUERTE A LOS TRAIDORES!

Habría sido un ataque espectacular, pero Pablo juzgó mal la distancia y falló por unas pulgadas, cayendo bocabajo bajo las garras de Feúcho.

—ESTA CRIATURA ESTÁ LOCA —dijo Feúcho, muy confundido por lo que Pablo decía.

Pero como su boca estaba llena de ricos chicharrones, lo que Pablo entendió fue: **"ENTRA YA EN MI BOCA"**, y eso lo enojó aún más.

—Pff. Así que también eres perezoso. ¿Pero qué se puede esperar de un gato mezquino como tú? Bien. Me meteré en tu boca. Solo porque mis patas están cansadas de tanto correr y ya no puedo más. Que se sepa que Pablo Gutiérrez Calderón de la Barca se enfrentó a su fin sin temor —dijo Pablo, pero enseguida rogó—: Pero, por favor, Feúcho, trágame entero. No puedo contemplar la idea de que me partas el cuerpo en dos.

Pablo lloriqueó mientras se quitaba el chaleco escocés y lo ponía bien doblado en el suelo, y luego le dio un besito a su sombrero y lo puso encima del chaleco.

—Para que no te atores, viejo amigo —le dijo a Feúcho entre lágrimas.

Pablo se subió al lomo de Feúcho, caminó sobre sus orejas y bajó por la nariz directamente hacia su maloliente boca llena de chicharrones.

Feúcho estaba congelado con la boca abierta. El ratón se metió adentro y se sentó en medio de la lengua de Feúcho.

—¡Adiós, dulce mundo! ¡Cuánto te amé, vida! ¡Mamá! ¡Mamá, allá voy! ¡Tu dulce Pablito, el más pequeño de tus ratoncitos, va a hacerte compañía! —dijo Pablo asomando la cabeza y mirando a Feúcho—. ¡Nunca olvidaré los buenos tiempos, Feúcho, a pesar de que ya no sea más que otro rico e increíblemente suave bocado! Ya, listo, estoy listo para el fin.

Retrocedió y volvió a sentarse en la lengua de Feúcho. Luego respiró hondo y esperó a que el gato se lo tragara.

Y entonces, de repente, el gato se lo tragó.

CAPÍTULO OCHO

El gato que hizo "guaca"

Sin querer, Feúcho comenzó a tragarse a Pablo. Su instinto de comer ratones, al que creía haber renunciado, ¡había vuelto! Pero tan pronto el gato cerró la boca, Pablo se volteó y comenzó a tratar de liberarse. Al contrario de lo que había pensado, todavía no estaba listo para despedirse del dulce mundo.

—¡Cambié de opinión! ¡Cambié de opinión! ¡Quiero vivir! ¡No estoy listo para el cielo de los ratones! ¡Ja, ja, ja! ¡Solo estaba bromeando! ¡Qué chistoso! ¡Ja!

¡Ja! ¡Feúcho! ¡Abre! ¡Ten piedad de tu pobre amigo Pablo! —gritó agarrándose de la lengua de Feúcho con sus pequeñas garras.

Feúcho lo escupió.

—¿QUÉ PRETENDÍAS HACER, PABLO? ¡GUACA! ¡YA NO COMO RATONES! TÚ LO SABES. ¡ME DAN INDIGESTIÓN! —gritó Feúcho.

—¿Qué? ¡Pero si tú ibas a comerme! —dijo Pablo—. Cuando saltaste al carrito de paletas y siseaste, ¡creí que querías comer fajitas de ratón!

—¿COMERTE A TI? ¡ESTABA TRATANDO DE RESCATARTE! ¡MIGUELAZO TAMBIÉN TRATÓ DE RESCATARTE! DE VERAS NECESITAS PEDIRLE PERDÓN POR LO DE AYER. ESTUVO LUCHANDO POR SALVARTE HASTA QUE MINDY SE LO LLEVÓ. Y PARA TU INFORMACIÓN, TENÍA LA BOCA ABIERTA PORQUE QUERÍA DARLE UN MORDISCO A LA PALETA DE COCO.

Pablo alzó la pequeña garra.

—¡Tú y tus paletas! Por eso estamos metidos en este lío. ¡Eres malo, Feúcho! —dijo Pablo poniéndose tranquilamente su chaleco y su sombrero.

Luego, le quitó la paleta a Feúcho y también los chicharrones, y se los metió en la boca.

—¡Esto es lo que te mereces! —dijo Pablo con la boca llena.

Feúcho salió corriendo y llorando.

Hubo un fuerte **¡PIIP!** y un **¡CHIRRIDO!**, y luego, silencio.

CAPÍTULO NUEVE

Otro pequeño malentendido

Feúcho, el más feo y dulce de los gatos, había corrido, tristemente, la misma suerte de muchos felinos: la muerte bajo un camión. El preocupado conductor del camión de la basura se había bajado para revisar qué le había pasado al camión.

—¡Dios mío! Pobrecito. Espero que no haya sido la última de sus siete vidas —dijo.

Lo alzó con cuidado y lo puso en la acera para que no le fuera a pasar nada más. Luego, se subió al camión y se fue. Pablo vio como la cola anaranjada de Feúcho se movía para delante y para atrás hasta que paró. Corrió hasta donde estaba su mejor amigo.

Se arrodilló junto a él acariciándole la cabeza y diciendo:

—¡Noooooooo! ¿Por qué? ¿Por qué, mi Feúcho? ¿Por qué te moriste? ¡Ayy! ¡Seguramente usaste ya tus otras seis vidas! ¡Ay, Feúcho! ¡Perdóname por haberte robado la paleta y los chicharrones! ¡Te los devuelvo! ¡Buaa! ¡Buaa! ¡No te me vayas, no te me vayas!

¡VUELVE, VUELVE A MÍ, FEÚCHO!

Entonces, Pablo oyó un fuerte gruñido.

—¡Feúcho! ¡Mi carnalito! ¿Por qué no miraste para ambos lados antes de cruzar? —dijo Miguelazo, que se había escapado por un hoyo que había cavado bajo la cerca de Mindy, para ver si sus amigos habían podido librarse de la ira de la Chica Culebra.

Los había visto salir del parque y los siguió hasta ver a Feúcho tirado en medio de la calle.

—Ay, Miguelazo, Feúcho se nos fue —dijo Pablo abrazando a Miguelazo.

Bueno, lo abrazó tanto como un ratón puede abrazar a un perro. Restregó su nariz contra él, y Miguelazo se sacudió los mocos y las lágrimas de la pata. Entonces, Pablo gritó:

¡ES EL PEOR DÍA DE TODA MI VIDA!

Miguelazo acarició la cabeza de Pablo.

—Ya, ya, ratoncito. Ya, ya —dijo.

—Es ratón, ratón, por favor, Miguelazo. Sé que estamos acongojados, pero no es razón para faltarme el respeto —dijo Pablo.

Miguelazo entornó los ojos y lo siguió acariciando.

—Para ser alguien que se me montó encima como si yo fuera un toro aunque yo no lo quisiera eres bastante quisquilloso —dijo Miguelazo.

—Lo sé, lo sé —sollozó Pablo—. Te pido disculpas, Miguelazo, lo siento mucho. Antes de que Feúcho nos dejara, me dijo lo que habías hecho por mí. Sí que tienes madera de buen amigo. Igual que... ¡FEÚCHO! ¡BUAAAA!

Miguelazo y Pablo hablaron sobre todas las cosas divertidas que habían hecho con

Feúcho. Sobre todas las aventuras que habían corrido juntos. Y comenzaron a llorar más fuertemente aún.

—Ay, Feúcho —lloriqueó Miguelazo—. De veras te perdono por haber jugado al rodeo. Te voy a extrañar a ti y a tus asquerosas bolas de pelo. Voy a extrañar hasta tus apestosos pedos de atún, porque aunque te hacías el inocente, yo sabía que habías sido tú. ¡Caray, eres el único del barrio que come tanto atún! Pero ahora, aunque el aire va a estar mucho más fresco, nuestros corazones estarán más vacíos.

—Sí, Feúcho —dijo Pablo—. Y yo voy a extrañar tu risa de burro. ¡Ay, cómo me gustaba oírte reír, Feúcho! Aunque me dolieran los oídos y a veces despertaras a los vecinos.

De repente, oyeron un suave rebuzno.

—Ay, hombre, extraño tanto a Feúcho —dijo Pablo—, ¡que casi lo oigo reír!

En ese momento, el cuerpo de Feúcho comenzó a moverse. Pablo gritó y cayó hacia atrás. Miguelazo aulló.

—**¿UN BURRO? ¡YO NO ME RÍO COMO UN BURRO, PABLO!** —dijo Feúcho levantándose lentamente.

Estaba **HABLANDO**. Era imposible. Ellos habían visto con sus propios ojos cuando el camión de la basura lo atropelló.

—¡Ahhh! —gritó Pablo—. ¡Un gato zombi! ¡La noche de los gatos vivientes! ¡Que alguien traiga una estaca! ¡Miguelazo, trae un poco de ajo! ¡Hay que devolverlo al lugar de donde vino!

—**¡NO SOY UN ZOMBI, PABLO!** —dijo Feúcho atacado de la risa—. **SOY YO...**

FEÚCHO, ¡TU GATITO FEO! ME ESTABA
HACIENDO EL MUERTO. ESE TLACUACHE
LOCO QUE VIVE EN NUESTRA CALLE ME
ENSEÑÓ. SOLO QUERÍA HACERTE SENTIR
MAL POR HABERME ROBADO LA
PALETA Y LOS CHICHARRONES.
¡Y FUNCIONÓ!

—¿Qué? ¡Ay, mi requesón! ¡Pensé que el camión te había atropellado! ¡FEÚCHO! ¡Ese fue un truco muy cruel! Hasta dejaste que llorásemos sobre tu cuerpo... tú... tú... ¡aaah! No puedo creer que estés vivo. ¡Primero tratas de comerme y luego esto!

Pablo se volteó para marcharse, pero lo pensó mejor.

—No, olvídalo, ¡no me importa! ¡Estoy feliz de que estés bien! —dijo abrazando a su amigo.

—TIENES RAZÓN, FUE UN TRUCO CRUEL —dijo Feúcho—. PERO, AMIGO, ¡SI VIERAN LA CARA QUE PUSIERON! ¡JA!

—¿Qué? —gruñó Miguelazo—. ¡Estábamos llorando! ¡Eso no es gracioso!

—Miguelazo tiene razón, Feúcho —dijo Pablo seriamente—. Pensamos que te habías muerto.

—SUPONGO QUE TIENEN RAZÓN. ME EQUIVOQUÉ... AUNQUE ME PARECIERA GRACIOSO —dijo Feúcho.

—¡Ustedes dos son increíbles! ¿Les falta un tornillo? —gritó Miguelazo—. ¿Primero el rodeo, luego la Chica Culebra y ahora esto? Necesito una siesta. Ya me cansé de este asunto del almuerzo de ratón y el gato zombi.

Miguelazo negó con la cabeza y se alejó.

—¡MAÑANA NOS VEMOS, MIGUELAZO! —gritó Feúcho, y volviéndose al ratón—.

PABLO, NO PUEDO CREER QUE HAYAS PENSADO QUE TE IBA A COMER. SOLO QUERÍA SALVARTE, ¡Y ENTONCES ME QUITASTE LA PALETA Y LOS CHICHA-RRONES! MI PALETA, PABLO. MI PALETA. PUEDES METERTE CON CUALQUIER OTRA COSA, MI AMIGO, PERO NUNCA CON LA PALETA DE UN GATO.

—Sé que debería confiar en que ya no tienes tu instinto natural de gato de comer ratones, pero a veces es difícil ¡Porque mírame! ¿A quién no le gustaría tenerme en su barriga? ¡Soy el platillo ideal para un gato! Pero sí, está bien. Lo siento —dijo Pablo—. Y ahora pasemos a algo más importante: ¿Qué tal si compartimos el botín?

—¡CLARÍN! ¿QUIÉN MÁS ME VA A AYUDAR A COMERME ESTOS RICOS CHICHARRONES? PERO MANTÉN TUS PATAS ALEJADAS DE MI PALETA —dijo Feúcho dándole la bolsa a Pablo.

Mientras caminaban hacia la casa de Feúcho, los perros del barrio Valle de las Mariposas comenzaron a ladrar, pero los amigos estaban demasiado cansados para ponerles atención.

—OYE, ¿QUÉ CREES QUE DEBERÍAMOS HACER MAÑANA? —preguntó Feúcho.

—Cualquier cosa menos ir al parque —dijo Pablo—. O jugar al rodeo. ¿Qué tal si vamos al zoológico? ¿O al acuario?

—SIEMPRE Y CUANDO VAYAMOS JUNTOS. Y SIEMPRE Y CUANDO HAYA QUÉ COMER —dijo Feúcho sonriendo, y entonces lanzó otro chicharrón al aire y lo atrapó con la boca.

Los dos amigos más extraños y, posiblemente, más feos que hayan existido, rieron y comieron, pasaron frente a los perros ladradores y llegaron a la avenida Longaniza.

Sin bajarse de la acera, por supuesto.

GLOSARIO

andar en la luna: estar despistado o soñar despierto (página 37)

con corazón de oro y mano de hierro: alguien que es buena persona pero también tiene autoridad y es muy estricta (página 16)

cuajar una idea: una idea que se está formando (página 25)

dar en el clavo: atinar o estar en lo correcto (página 10)

del otro mundo: algo muy bueno o excepcional (página 17)

dos por el precio de uno: cuando uno recibe dos cosas cuando solo esperaba una (página 56)

en un dos por tres: algo que sucede muy rápido (página 28)

faltarle un tornillo: no pensar bien o estar loco (página 85)

ladrar de último: quien triunfa al final (página 16)

loco de remate: muy loco (página 55)

meter la pata: equivocarse (página 8)

qué la enchilada: expresión de sorpresa (página 63)

pan comido: algo que es fácil de hacer (página 33)

pasarse de la raya: cuando alguien dice o hace algo que falta al respeto o molesta a otras personas (página 40)

salir pitando: irse muy rápido (página 55)

se arma la fiesta: cuando comienza algo bueno o malo (página 34)

tlacuache: zarigüeya (página 83)

vérselas conmigo o con nosotros: tener que enfrentarse conmigo o con nosotros (página 15)

RECETA

¿QUIERES HACER TUS PROPIAS PALETAS DE COCO?

Prepara esta receta en casa.

Salen: De 6 a 8 paletas

Utensilios:

Licuadora

Moldes de paleta*

Ingredientes:

1 lata de leche condensada

1 lata de leche de coco

1 taza de coco rallado

½ cucharadita de extracto de vainilla (opcional)

¾ de taza de azúcar (o al gusto)

Preparación:

1. Mezcla la leche condensada, la leche de coco y el coco rallado en la licuadora y disuélvelo todo hasta que quede suave. (Pídele ayuda a un adulto).

2. Agrega el extracto de vainilla y el azúcar. (opcional)

3. Vierte la mezcla en cada uno de los moldes de paleta*.

4. Inserta los palitos.

5. Congela los moldes durante 4 horas o toda la noche si es posible.

6. Para desmoldar las paletas, pon la base de los moldes a remojar en agua caliente.

*Consejo: si no tienes moldes de paleta en casa, usa vasos de papel y palitos de madera.

SOBRE LA AUTORA

Isabel Quintero es hija de inmigrantes mexicanos. Vive y escribe en Inland Empire en el sur de California, donde nació y creció. Su primera novela, *Gabi, a Girl in Pieces*, recibió varios premios, entre ellos el Morris Award for Debut YA Fiction de 2015 y el Tomás Rivera Mexican American Children's Book Award. A Isabel le gusta leer y escribir, ver comedias y comer paletas y chicharrones cuando es posible. ¿Cuál es su paleta favorita? Pues coco, por supuesto.

SOBRE EL ILUSTRADOR

Tom Knight vive en Mersea Island, en la costa de Essex, en Inglaterra. Fue criado a base de una dieta constante de cómics Beano, libros de Tintín y el buen aire marino.